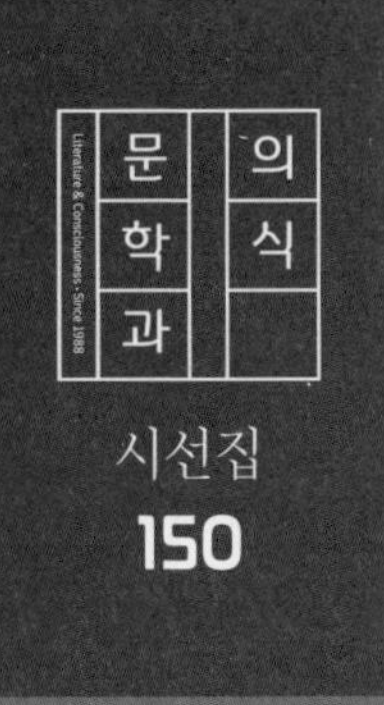

이영미 시집

어느 볕 좋은 가을날 오후

| 시인의 말 |

25년 함께 했던 옆지기가 떠나던 날
고수부지 작은 섬은 수면을 경계로
물속에도 똑같은 세상을 그리고 있었다.
스산한 바람은 내 가슴과 갈대를 흔들고
슬픔을 토해내며 길가에 뒹구는
마른 수국 한 줌 쥐고 돌아왔다.
어느 볕 좋은 가을날 오후 3시였다.

힘든 이별을 덮으려 잠원동을 떠나
우면산 자락으로 들어와
새 친구들을 만나며 우면산 노트를 채웠다.
이른 새벽 거미줄에 몸을 얹고
사색에 잠긴 거미의 침묵과
풀잎에 맺힌 이슬방울에서 느낀 진한 감동,
눈을 반짝이며 나무를 오가던
청솔모들의 바쁜 사연들,
이름모를 노란꽃, 하얀꽃, 빨간꽃들의 자태,

묵묵히 비밀을 간직한 돌무덤,
산고양이 까미와 누리와의 대화,
산 비둘기에게 먹이를 양보했던 들고양이의 마음도
우면산 노트에 적어 놓았다.

우면산 노트는 내 생애 가슴 뛰는 열정이며
버킷리스트 중 하나다.

나는 오늘도
우면산 노트를 들고
우면산을 오른다.

까미야!
누리야!

2022년 4월에

이 영 미

| 차례 |

2부 옷장을 정리하며

3부 12인의 성난 사람들

4부 아버지의 강

5부 서래섬

일러두기

1. 책에 쓰인 영문의 한글 표기는 외래어표기법에 따랐으며 일부는 저자의 의도를 반영해 예외로 두었다.
2. 쉼표와 마침표, 말 줄임표, 느낌표 등의 문장부호는 저자의 의도를 반영, 최대한 저자의 원문을 그대로 살려 표기했다.

1부

우면산 노트

우면산에서

흐드러지게 꽃을 피웠던
팔 벌린 나무들
하늘을 우러르고 서 있다

흰 눈 위에
수꿩이 장작불처럼 붉다

멀리 보이는 남산타워
어릴 적 까마득하게 오르내리던
케이블카가 생각난다

흰 눈이 소복이 쌓인 산길을
먹이를 앞에 둔 고양이처럼
느릿느릿 발걸음을 옮긴다

나도 삼나무

이 나무 저 나무
이 가지 저 가지로
청설모들 바삐 옮겨 다닌다

나도 저렇게 살았구나
삼나무 아래 평상에 누워
생각에 잠긴다

청설모에게 가지를 내어주고
묵묵히 서 있는 너그러운 삼나무

나도 삼나무처럼 손을 흔들어보지만
청설모는 내 마음을 아는지 모르는지
눈알만 반짝반짝

청설모야!
나도 삼나무야

도토리 세 알

우면산 청설모
이 나무 저 나무
바삐 옮겨 다니며
눈을 깜빡인다

나를 빤히 쳐다보고
대화하자고 한다

청설모야
집 샀니?
그렇다고 고개를 끄떡인다

얼마니?
도토리 세 알

불안하다

우면산 길가
새싹들이 뾰족한 코 내밀고 있다

어서 나오렴
재촉하는 내 마음을 아는지
바람이 지나가며 흔든다

우면산 식구 둘러보며
출석을 불러본다

큰 나무 아래 평상 지키던
아주머니는 질병 결석
산고양이 까미는 한 달째 무단결석
짝 잃은 누리는 꼬리 흔들며 출석
나뭇가지 사이로 얼굴 내미는 청설모는 지각
꾸꾸루꾸 산비둘기도 결석
자갈길을 함께 밟던 후배는
미국으로 전학 간단다

우면산 식구들

하나 둘 떠나고

나만 남겨질까 불안하다

새벽 오솔길을 걸으며

국악당 뒤
이슬 장식한 잎사귀들이
기지개 켜는 새벽 오솔길

국악 명인들의 조각상이
나를 반긴다

신록을 볼 수 있는 눈
풀 냄새를 맡는 코
새와 바람과 나뭇잎들의 수다를 듣는 귀
시를 노래하는 입
오솔길 개미를 밟지 않으려는
다리의 순발력

새벽 오솔길에
아침 햇살이 길게 드리운다

솔밭에 누워

소나무들 빼곡하게
나뭇가지와 잎새로
텐트를 쳤다

나무와 나무 사이로
푸른 하늘이
샛강처럼 흐른다

태양은
잎과 잎 틈새로
햇살을 쏟아내고 있다

나는
지구를 등에 지고
잎새들 사이로 흐르는 샛강을
오랫동안 바라보았다

풍경

뾰족했던 침엽수 바늘도
연해진 5월

우면산 삼나무 아래
평상에 앉는다

조금 후
사람들이 하나둘 와서 앉는다

엄마 손 놓고 오던 아가
돌부리에 넘어져 운다

나를 넘어지게 했던
크고 작은 돌부리들

울던 나를 일으켜준
고마운 내 편들

내 삶의 풍경들

낙엽 비

우면산 내려오는데
하늘이 검어진다

바람이 불자 후드득
가을 소나기인가 눈을 들어보니
붉은 비가 쏟아진다

가을산은 갑작스러운 폭우로
산사태가 난 듯하다

어릴 적 할머니께 들었던
붉은 삐라 얘기
저 붉은 낙엽들은
내게 무얼 항복받으려는 것일까

낙엽 하나 주워
집으로 돌아오는 내내
생각을 해보았다

돌탑

우면산 산책길
하늘 가린 삼나무 아래
돌을 수북이 쌓아 만든
종탑 모양의 돌탑

오가다
내가 올린 돌도
틈새마다 끼어있다

많은 비밀 간직한
무언의 돌탑
지혜와 현답을 주는
돌탑이다

돌탑 뒤 산 고양이들은
숨바꼭질 하고
나는 술래가 된다

무슨 비밀이 그리 많은지
배가 부른 돌탑

돌탑 꼭대기에는
큰 바램을 잉태한 큰 돌 두 개가
위태롭게 서 있다

작은 돌밭

겨울이 깊어지며
우면산 돌밭길에
인적이 끊겼다

무성했던 잎사귀를
땅으로 보낸
허전한 나무들

산 고양이는
먹이를 찾아
빈 숲을 어슬렁거린다

나도 어슬렁 어슬렁
빈 산을 뒤로 하고 내려와
집에 오니
친구가 나무상자와
자갈 한 짐을 들고 서있다

나무상자 들여놓고
자갈을 담으니 작은 돌밭이다

나는 매일 매일
집에 들여놓은
돌밭을 걸으며
하루를 시작한다

돌밭길을 걷다

지난해 여름부터
자주 찾던 우면산 돌밭길

돌밭길 걷다 만난 거미와
거미줄에 달린 이슬은 사라지고

길 양옆에
산철쭉과 초피나무
붉은 꽃 꼬리조팝나무와 벌개미취

마른 가지에
잎사귀 두 장이 매달려
파르르 떨고 있다

병꽃나무는 노란 꽃도
맺었던 열매도 떨어지고
가지 사이로 건너 산이 내다보인다

나무들은
지난 해 화려함을 내려놓고
겨울을 잘 견디고 있다

신체의 오감에 감사하는
아침이다

가을신부

깊은 가을
우면산 길 양쪽으로
단풍나무 가지가 맞닿은 둥근 아치길
나는 가을 신부가 된다

단풍잎 부케 들고
단풍잎 화관 쓰고
팔짱 끼고
입장하는 상상을 한다

바람은 축하객 되어
단풍잎 비 소복이 뿌려주겠지

청설모와 붉은 꿩과 참새와 산비둘기들이
축하객으로 오고

먼지

미세먼지 극심이라는
정보를 뒤로한 채
우면산 대성사에 올랐다
자주 찾는 치유의 정자다

나무들은 연초록 교복을 입고 서있다
대성사 목탁 소리와 풍경소리에
마음이 편해진다

어느새 나는
햇살과 바람과 먼지와 하나가 된다

마스크를 벗고 먼지를 마시니
나도 우주의 먼지라는 생각이 든다

나눔

우면산 평상 아래
고양이 집 두 채
누리네 101호
까미네 102호

집 앞에 놓인 고양이 밥 손에 쥐고
청설모가 눈칫밥 먹고 있다

조금 후 살금살금
산비둘기도 다녀가고
참새도 다녀갔다

산 친구들 바라보는
누리와 까미
잘 먹고 가라는 눈치다

쫓지 않고
나눔 실천하는
누리와 까미를 물끄러미 바라본다

누리와 까미

우면산 돌밭길에
친구가 생겼다

풀숲에 사는
길고양이 두 마리다

누리와 까미라고
이름을 지어 주었다

배고픔도 더위도 추위도
함께하는 고양이들

산을 찾는 사람들의
친구가 되었다

태풍이 온다는 소식에
걱정스레 산을 내려오는데

풀숲에서 튀어나온
고양이 두 마리
다정하게 걷고 있다

까미

늘 가던 우면산 돌밭길에
산고양이 두 마리
까미 누리

내가 붙인 이름에
익숙해진
고양이와 캣맘들

나란히 지어준 집 들락거리며
산비둘기와 먹이 나누던
고양이들

까미가 나타나지 않은 지
한 달이 되었다

'행복해 보인다.'라며
중얼거렸던 날이
마지막 만남이 될 줄이야

빗장을 푼 텅 빈 집에
봄빛 가득 담아놓고

달그락 소리 내던 밥그릇에
파란 하늘 담아놓고
양지밭 산모롱이에
새싹 침대 만들고

'까미야!'
소리쳐 부르던 아주머니 목소리가
사라진 지 오래다

거미

우면산 돌밭길 오르는데
보랏빛 벌개미취꽃이 반기고
나비도 폴폴 날아다닌다

병꽃나무 옆 동심원 거미줄에
조롱조롱 맑은 이슬이 달려있다

거미줄 가운데
거미 한 마리
미동도 없이 갇혀있다

요즈음 나도 정해진 틀에
갇혀있는 거미 같다

거미와 나는
어제도 오늘도 여전하다

333

333 3 3333 33
개미의 행렬이다
행여 행렬이 깨질까
까치발로 걸음을 옮긴다

숫자 3에 개미를 떠 올렸던
어린 시절이 있었다
지금도 개미들의 행렬은
숫자 3의 행렬로 보인다

엄마는 숫자에 그림을 연상시켜
가르쳐 주셨다

동심에는 유통기한이 없다

1가구 1주택

겨울잠 자던 달팽이가
동그란 귀마개하고
더듬이 내밀며
한걸음 한걸음 기어 나온다

몸이 집인지
집이 몸인지
모호한 경계 속에서
들락거린다

제 한 몸 누일 집 한 채 들고
앞만 보고 느릿느릿
가고 있는 달팽이는
1가구 1주택이다

봄 꿈

툭 툭 툭 떼구루루
알밤이 가시 옷 벗고
낙엽 침대에 안심한 듯
떨어진다

다람쥐 바삐 옮겨 다니며
등이 흰 잣나무 가지에 앉아
눈을 깜빡인다

다람쥐가 숨겨두었다가
잃어버린 알밤
땅속에서 나무가 될 꿈을 꾸고 있다

애기똥풀

5월이 오면
애기똥풀 노란 꽃밭 찾아간다

반갑다 애기똥풀아
이사 가지 않았구나

애기똥 보고 싶어
꽃 한 송이 꺾어
노란 똥을 보고서야 일어난다

어미 제비가 노란 똥 묻혀
애기 제비 눈 뜨게 되었다는
이야기가 떠오른다

노란 꽃밭에서
나를 반겨주는 애기똥풀

원추리꽃

주황색 원추리꽃
활짝 피고 지더니
두 송이 남았다

두 송이 원추리꽃
내일이면 먼저 간
친구 따라갈 채비 하리라

빈 화병은
살다 간 원추리꽃 그리다
하얀 기억 남기고

활짝 피어 화려했던
오늘 하루가
전생임을 알았다

복숭아꽃

우면산 길가
연분홍 꽃망울이 올망졸망
모여 이야기한다

바람이 야단쳤는지
꽃망울 흩어지며
작은 꽃잎 파르르 떤다

교사 시절
수업 종이 울려 교실에 들어서면
옹기종기 모여있다 후다닥
제자리 찾아가던 학생들

내가 꽃망울을 떨게 했던
바람이었나

2부

옷장을 정리하며

삶의 향기

구정 연휴
방에 걸려있던
'삶의 향기'라는 작품 속 소녀가
이사 가고 싶다고 한다

식탁 위 넓은 벽에 옮겨 걸고
다른 작품과 새 달력 새 시계를 거니
새집으로 이사 온 것 같다

소녀가 환하게 웃는다

나도 늙지 않는
작품 속 주인공 되어
소녀처럼 살고 싶다

이것이 삶의 향기일까

청소를 하다가

청소를 하다
먼지통이 꽉 차
청소기를 비운다

먼지뿐 아니라
단추와 진주알까지 있었으나
애써 골라내지 않았다

마음에 먼지가 꽉 찬 듯하여
우면산에 올랐다

놓쳐버린 기억들이 보이지만
애써 골라내려 하지 않았다

옷장을 정리하며

퇴직 후 옷장을 열고
옷을 정리했다

넉넉해진 공간에서
옷들이 기지개를 켠다
빈 공간이 마음처럼 허허롭다

의류함에 던진 옷들을 들여다보다
다시 집어 든다
오랜 시간 함께했던 것들

옷장에 걸려있던 옷들처럼
오랫동안 연락하지 못한 사람들이
핸드폰 주소록에 가득하다

다시 연락하지 않을 주소는
지워볼까 생각한다

이렇게
옷도
사람도
놓게 되나 보다

옷을 다리며

털어 널은 빨래를 걷는다
햇볕은 큰일 했다 뽐내며 웃는다
따사로운 햇볕이 고마워 인사한다

빨래를 개다
주름이 마음에 걸려
다림질을 시작한다

구겨진 옷들이
누런 군용 침대에서 반듯하게 펴져
옷장에 걸린다

다리미 의사는
구겨진 옷들을 치료하는
명의가 된다

내 마음을 낫게 해줄
명의는 누구일까

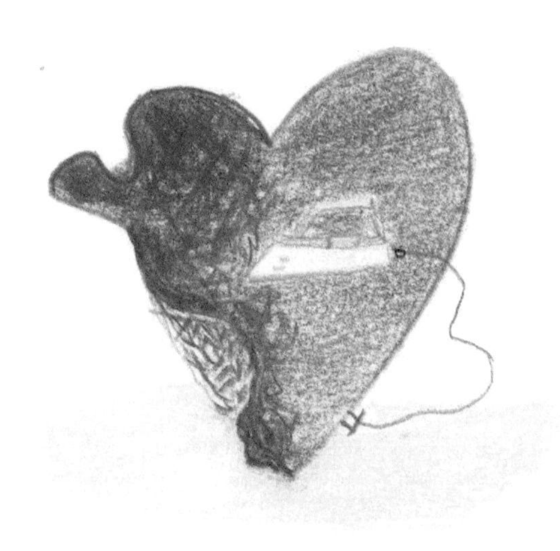

해후

책장 정리를 하다
책꽂이에 꽂혀있던
오래된 전공책을 뽑았다

책장을 넘기니
낯익은 손글씨가 가득했다

몇 장을 넘기니
마른 벚나무잎 단풍잎이
책갈피에 끼어 있었다

캠퍼스 잔디밭 벚나무 단풍나무 아래
수십 년 전 기억들이
아득하게 흔들리고 있었다

보약 밥상

일요일 오후
저녁 같이 먹자고
아우한테 전화가 왔다

난파선 선장처럼 힘든 노 젓고 있었는데
멀리 등대에 불이 켜진 듯 환해졌다

영덕대게찜과 황태 뭇국에
정성으로 버무린 반찬들

대게 살을 다듬어 밥숟갈에 얹어준다

보약 열 첩을 먹은 듯
잠자리에 들 때까지
활기가 돌았다

목이 아파요! 저 단추예요

'살려주세요'
단추의 비명이다

입으려다 걸어놓은
블라우스에 달린 단추다

예쁜 진주 단추가
늘어져 살려달라 손을 흔든다

마침 수선할 옷이 있어
블라우스도 함께 수선집에 갔다

의사 선생님!
단추가 목디스크 걸렸어요
치료해주세요

아저씨는
걱정 말라며
입원시키라 한다

아픈 단추 달린 블라우스도
수술할 바지도
입원시키고 돌아오는 길

수선 아저씨도 나도
싱글벙글

'살려주세요'

나무 주걱

오늘 아침
십년을 넘게 쓰던
나무 주걱이 자끈동 부러졌다

어느 미망인이
바늘이 부러진 슬픔으로 썼던
'조침문'이라는 글이 생각났다

오호 통제라
아깝고 슬프도다

부러진 나무 주걱 잘 닦고
접착제로 붙여 수저통에 꽂았다

몸이 불편했던 할머니가
마루 끝에 앉아
어머니께 살림의 지혜를 주셨듯이

다친 나무 주걱이
요리는 못하지만
새 주걱들에게
조리의 지혜를 전하리라

창호지 문

어릴 적 나는
툇마루에 앉아
창호지 바르는 할머니를 바라보고 있었다

창호지 물 뿌려 벗기고
새 창호지 문틀 맞춰 붙이고
마른 비로 훑어 내리는 소리

문고리 옆에는
꽃잎을 붙였다

꽃잎 옆에 붙인 작은 유리창
정겹고 느릿한 네모의 풍광들
가을 햇살에 마른 문은
맑고 팽팽했다

오뚝이

어린 시절
빨간 옷을 입고 서 있던
오뚝이 인형

몇 번을 쓰러져도
웃으며 다시 일어났던 오뚝이 인형을
가지고 다녔다

어느 날 남동생이 던져서
오뚝이는 일어나지 못했다

나는 울었다
오뚝이인데 왜 못 일어나느냐고
엉엉 울었다

아버지께서 고쳐주셨다
상처투성이가 된 오뚝이가
벌떡 일어났다

오뚝이는 오뚝이다

힘 들어도
상처를 달고 살아도
불쑥 일어나는
오뚝이 하나 갖고 싶다

체크무늬

빨간 체크무늬 식탁보 씌운 사각탁자에서
행복의 싹을 키웠던 시간을 생각한다

체크무늬 커튼이 걸려있던 창가에 앉아
바람과 달과 별과 대화를 나누었다

신혼여행 때 입었던 옷도
남편 와이셔츠도
일기장 겉표지도
행주와 걸레까지 체크무늬였다

탁자에 앉아 창문을 여니
체크 무늬 커튼이 일렁이며
바람이 얼굴에 스친다

바람길 따라 추억이 비상한다

정사각형을 좋아하는 나는
네모 안에 나를 가두고
네모의 삶을 사는 지도 모른다

감 익는 마을

초겨울 감 익는 마을에
수북이 쌓여있는 대봉감을 바라보는
두 노파

우리집 콘솔 위 풍경이다

아침 햇살이 드리운 거실에
대봉감이 물러지면 홍시가 된다

세월 따라 익어가는 홍시를
두 노파는 응시하고 있다

이제 종이호랑이가 된
자신들의 삶을
홍시에
투영하고 있는 지 모른다

잘 익은 빠알간 홍시가
어서 데려가라고 한다

홍시 하나 집어 들고
노파를 바라본다

감 익는 마을
두 노파
홍시를 닮았다

붓꽃대

친구가 붓꽃대를 가져다 주었다
씨를 잉태한 붓꽃대
성숙한 여인 같다

작년에 온 붓꽃대 씨를 털어내고
푸른 붓꽃대를 갈아 꽂았다

씨가 털리고 앙상한
갈색 씨방 만져보니
세상 떠날 즈음 바스락한 어머니 몸 같다

내년 봄 붓꽃이 피면
보고 싶다고
기별이 올 것이다

장맛비 오려는지
창가에 놓인 붓꽃대
바람에 흔들린다

오르골

비 오는 날
친구집에 놀러갔다

톱니바퀴를 돌리면
음악이 흘러나오던 조그만 상자를 보았다

피아노도 사람도 없는 요술 상자에서
'소녀의 기도'가 울려 퍼졌다
나는 작은 바퀴를 계속 돌렸다
친구가 나보고 가지라고 했다

친구에게 받은
신기한 음악 상자

우산도 받지 않고
골목길을 달려 집에 와서
태엽을 감았다
소녀의 기도가 들렸다

몇 번을 듣다가
잠이 들었다

잠이 깰까
오르골은 멈추어 있었다

꽃병

시극 공연을 축하하기 위해
모여든 꽃다발

장미와 카네이션과 소국과 붉은 백합을
꽃병에 담았다

형형색색 싱싱한 색감이
조화를 이룬다

며칠 후
시들어 정리하니
꽃병이 허전하다

두레 밥상에 둘러앉아
마주 보았던 얼굴들이
먼 길 떠나고
남아있는 내 모습 같다

3부

12인의 성난 사람들

회상

35년 전 겨울
과학실에 도착하니
조교 선생님이 불을 피우고 있었다

'선생님!
불이 잘 붙지 않아요'
라는 소리와 함께 비명이 들렸다

달려가 보니
비커에 담긴 알코올을
난로에 부은 것이다

분화구를 연상케 하는
불덩이가 솟구쳐 올랐고
조교 선생님은 큰 화상을 입었고
나도 실신상태였다

순간의 사고로 조교 선생님은
장시간 치료를 받았고
나도 힘든 시간을 보내야 했다

이후 트라우마로
한참 동안 알코올 램프에
불을 붙이지 못했다

가지 않은 길

후배 퇴직 축하파티를
모항 바닷가에서 했다

로버트 프로스트의 '가지 않은 길'을 좋아했던 나는
다시 돌아올 것을 의심하며
남겨 두었던 그 길을 가보라 했다

내가 가지 않은
길은 어디였을까

유난히 풀이 많았던 이 길을
훗날 이야기 할 것이다

이것 때문에 모든 것이 달라졌다고

뺄셈과 덧셈

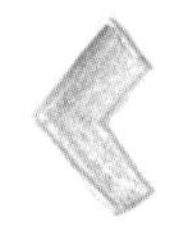

나이 드니
덧셈보다 뺄셈이 대세다

이른 새벽에 수면시간 뺄셈
커피 탓으로 돌리며 커피 양 뺄셈
치과에 드나드니 치아 수 뺄셈
적어지는 검은 머리도
기억 속에 하나 둘 사라지는 친구 얼굴도

모두
뺄셈이다

그러나
흰머리와 잔소리
걱정과 아집과 질병은
덧셈이 대세다

반백 년 친구

일상 한 켠에
놓아 두었던 반백 년 친구
가끔 연락이 온다

'뭐해?
바빠?
동네 우렁쌈밥집에서 보자'

그러자고 했다

들꽃 가득한
소박한 식당
먼저 와서 기다리고 있다

우렁된장 야채 비빔밥에
가슴이 훈훈해진다

돌아오는 길
양재천 하류
두꺼비들의 합창
와글와글 와그르르

반백 년 전
봄을 노래했던
합창 무대가 펼쳐진다

선물

하늘 보니
구름 한 점 없이 파랗다

일상을 위협하는 코로나도 모르는 듯
하늘은 고요하다

마스크로 무장한 우리는
바이러스에 대항하며
힘 없는 행렬을 하고 있다

오늘은 왠지
파란 백신을 떨어뜨려 줄 것 같은
하늘이다

하늘이 주는 푸른 물약 마시니
나무에 달린 잎사귀들이 손을 흔든다

나무 밑 소우주
구겨진 마음이 어느새 펴진다

자연이 내게 주는
고귀한 선물이다

위로

비 온 뒤
북한산 드라이브를 갔다

구름모자를 쓴
산봉우리 얼굴은 보이지 않지만

장마에 불어난 계곡물
포말을 내뿜으며
왁자지껄 내려왔다

물소리에 귀 기울이니
'기운차려! 세찬 물처럼 달려'라고 한다

나는 고개를 끄덕였다
수술 후 만난
북한산 계곡의 위로다

저녁 산책

어제 저녁엔 국물을 엎지르고
아침엔 머리를 부딪히고
고양이 꼬리까지 밟았다

운동장 걷다 축구공에 맞았다
죄송하다는 아이들에게 괜찮다고 했다
만 보를 걷고서야
종일 함께 한 우울을 보냈다

내 몸이 낯설어진다
평범한 일상이라며 나이 탓이라는 친구 말에
나의 하소연은 무색해지고
세월에게 혼자 가라 부탁해 본다

달이 웃으며 떠오르고 있었다

기도

입원실 창 너머
멀리 한강이 보인다

얼마 전 선상 카페에서 커피 한 잔 하고
고수부지 걷다가 주저앉고 말았는데
병원에 누워 선상카페를 보고 있다

시계 초침과 엇박자로
행진하는 심장소리

내일은
두 손 포개고
공포를 안은 채
원형 불빛 아래 잠들 것이다

전지전능하신 분께 기도한다

살아야겠다

거울에 내가 안 보였다
누굴까?
낯선 얼굴

퀭한 큰 눈
파리한 얼굴
가을 낙엽처럼 바스락
소리 내며 부서질 듯하였다

예뻐졌네
우연히 만난 지인이 던진 인사에
고개를 끄덕였다

수액에 의존했던
자유롭지 못했던 몸

나도 너도 없을 것 같았던 시간

아파트 지붕 위에는
밝은 햇살이 보이고
태극기 흔드는 바람도 느껴진다

살아야겠다

맨발로 걸으며

대지에 몸을 얹는다

한 달쯤 되었을까
신발을 벗은 채
들길도 운동장도 걷는다

60년 넘게
신발을 신고 살아왔는데
새삼스레 맨발로 땅을 딛는다

나무도 풀꽃도 풀벌레도
타인으로 느끼며 살아왔는데
대지에 발을 대는 순간
하나가 되었다

비가 촉촉이 내리는
어머니를 닮은 대지에
마음을 내려 놓는다

내린 비로
진흙이 발가락 사이를 비집고 올라온다

비 오니 반갑다고
땅을 기는 지렁이도 나를 반긴다

그래!
나와 접지된 오솔길
나의 모태 어머니였다

12인의 성난 사람들

2021년 11월 28일 오후 3시!
세종문화회관 S – theater
무대에 막이 올랐다

악조건에서도 강훈련으로 목이 쉬고
공연날도 회복되지 않았다

나는 핀 마이크에 의지하여
공연을 하였다

단원들의 따듯한 말과 미소로
훈훈함을 느끼며
공연에 빠져
목이 쉰 것도 잊어버렸다

연극이 끝나고
무대를 내려오며 눈물이 흘렀다

연극 "12인의 성난 사람들"
나의 버킷리스트 하나가 이루어졌다

쉰 목소리의 어려움이 있더라도
연극을 완성한 나에게 박수를 보낸다

9번 배심원! 너는 좋으냐?

"시몬, 너는 좋으냐? 낙엽 밟는 소리가"

우면산 무성했던 나뭇잎이
하나 둘씩 떨어져
앙상한 가지만 보이는 늦가을

6개월 동안 연습한 연극이 끝났다

은행나무 아래를 걸으며
지금의 나일지도 모르는 배역
'9번 배심원' 의 대본을 연습했다

공연이 다가오면서
은행잎을 밟으며 걸었다

"9번 배심원, 너는 좋으냐? 낙엽 밟는 소리가"
"슬며시 사라진다는 건 참 견디기 힘든 거예요…"
내가 외친다

노란 은행잎!

너도 그러니?

아버지의 강
이영미
고독의 강에서 허우적 대는 것이
삶이라 하셨던 아버지
아버지는 자주 낡은 손풍금으로
포스터가 그리워했던
스와니강 노래를 들려주셨다
세상을 떠나실 즈음에도
고독의 해답을 찾지 못했다고 하셨다
아버지를 용왕님이 점지해 주셨다
믿었던 할머니는
아버지 생일날인
사월 열아흐렛날 새벽녘이면
정성 깃 지은 흰 쌀밥 들고
물고기 방생을 하신다며
마포강으로 나가셨다
아마 용왕님 점지가 맞는다면
아버지는 마포강이나
당신이 그리워했던
스와니강으로 가셨을지도 모른다
스와니 강
포스터
머나먼 저곳 스와니강물 그리워라
정처도 없이 헤매이는 이 내 신세
날 사랑하는 부모형제 이 몸을 기다려
언제나 나의 옛고향을 찾아나 가볼까
이 세상에 정처없는 나그네의 길
아 그리워라 나 살던 곳 멀고먼 옛고향

4부

아버지의 강

두레 밥상

봄날 두레 밥상에
어머니는 봄을 얹으셨다

냉이 된장국 달래 무침
씀바귀 나물이 놓여 있었다

두레 밥상에는
할머니와 어머니 아버지와 동생들이
봄나물과 어우러져 있었다

댓돌 아래 검둥이는
빈 양재기를 끌고 다녔다

할머니 꿈에 함께 있었다던 검둥이는
할머니가 떠나시던 날
함께 떠났다

봄이 오면

할머니 곁에 놓아 드렸던

씀바귀나물과 할머니 얼굴이 떠오른다

겨울

오늘처럼 추운 겨울날
아랫목 이불속에는
밥주발 두 개쯤 누워있었다
저녁 밥상에 없는 식구를 위해

손 시려 두 손 이불 밑에 넣어
온기를 모으던 시절
밥주발의 온기도
거무스름하게 타버린
아랫목 방바닥도 그리워진다

밥뚜껑에 손을 얹고
부엌의 온기를 느끼며
옻칠 밥상머리에
모여 앉았던 얼굴들

오늘 아침 밥솥을 열다가
지나간 식구들이 그리워졌다

굼벵이

"동네 초가지붕을 새로 올린다네"
"아하 그랬어요, 형부"
이모부가 다녀가신 다음 날이면
엄마는 한약을 달여 주셨다

오랜 시간이 흐른 후
엄마가 달여 주신 한약이
초가지붕을 들추어 가져온
굼벵이였다는 것을 알았다

....

이모부 이야기를 들었을 땐
먼 길을 떠나신 후였다

재강이 생각났다

재강을 사오라던 할머니를
잊고 있었다

어릴 적 양은냄비를 들고
언덕길을 올라
할머니 심부름을 갔었다

콩비지를 닮은 재강을
할머니는 좋아하셨다

맛있냐고 물으면
쓰다고 하시면서도
생각에 잠기셨던 할머니

어릴 적 동네 가보니
심부름 다녔던 언덕길도
재강 아주머님 댁 영찬이도
떠난 지 오래되어
찾을 수 없었다

라디오

어릴 적 할머니께
"라디오는 난쟁이 마을이네요" 라고 물은 적이 있었다

라디오속에 사람들이 살고 있다고
상상했나보다

전파 타고 온다는
할머니의 답변은
중학교 가서야 이해를 하였다

어린이 시간이면 듣던
일곱 난쟁이들이 살았던 오두막집
백설공주와 난쟁이 왕자님이 살았던
꿈의 궁전

라디오를 켜면 지금도
할머니와 손녀가
이야기꽃 피웠던 오후 5시쯤

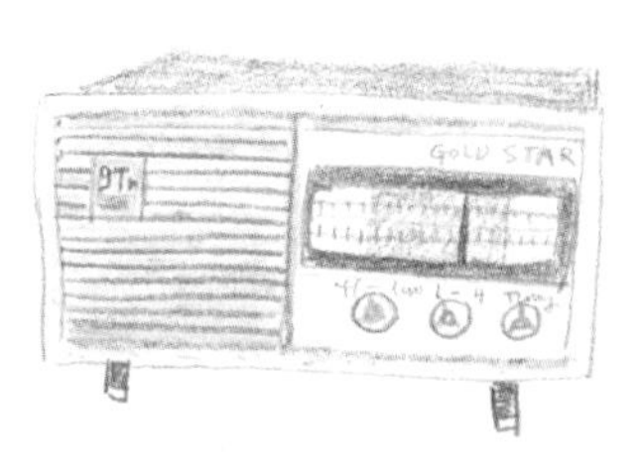

손때 묻은 구식 다이얼과
주파수를 찾아가던 빨간 바늘이 생각난다

고개 들어 하늘 보니

맑은 겨울날
고개 들어 하늘 보니

벚나무 가지 사이로
샛강이 흐르고
푸른 바다가 펼쳐진다

물새도 나르지 않고
파도도 고깃배도 인적도 없는
고요의 바다
슬픈 사연도 삼켜버린
푸른 바다를 바라본다

하늘나라로 갔다는
많은 사람들은 어디에 숨은 걸까
문득 궁금해진다

어디선가
스와니강 곡조를 담은
아버지의 낡은 풍금 소리가 들린다

아버지

경회루를 배경으로 찍은 흑백사진에는
검정 바지에 미색 잠바를 입은 아버지와
캐러멜을 든 꼬마가 있다

무릎에 앉혀 놓고
동화를 들려주시면
나는 동화 속 주인공이 되었다

내 삶의 지팡이 아버지는
가장 힘든 것이 고독과의 싸움이고
산다는 것은
고독의 강에서 허우적대는 것이라 했다

어느 볕 좋은 여름날
아버지는 고독의 정거장에서 내리셨다

낡은 풍금으로

"스와니 강"을 치시던

아버지의 모습이 떠오른다

사진을 찍으며

흑백사진 속 난
카메라를 응시하며
경복궁 경회루
계단에 앉아있었다
미루꾸 한 봉지 손에 쥐고

지금은
친구 카메라를 응시하며
예술의 전당 음악분수 앞
시계탑 종소리를 세고 있다

오후 네 시
댕 댕 댕 댕
반백 년 세월 가슴에 안고

어느 볕 좋은 가을날 오후
할머니 소녀

무거운 세월 한 봉지
머리에 이고 서 있다

아버지의 강

고독의 강에서
허우적대는 것이
삶이라 하셨던 아버지

아버지는 자주
낡은 손풍금으로
포스터가 그리워했던
스와니강 노래를 들려주셨다

세상을 떠나실 즈음에도
고독의 해답은 찾지 못했다고 하셨다

아버지를
용왕님이 점지해주셨다 믿었던 할머니는
아버지 생일날인
사월 열 아흐렛날 새벽녘이면
정성껏 지은 흰쌀밥 들고
물고기 방생을 하신다고
마포강으로 나가셨다

용왕님 점지가 맞다면
아마 아버지는 마포강이나
당신이 그리워했던
스와니강으로 가셨을지도 모른다

봄, 생일날

봄의 회상처럼
생일날이면 찾아오는 단골손님
어머니

하얀 밥숟갈 위에
불판에 구운 불고기를
올려주셨던 어머니

미역국과 봄나물이 가득했던
봄 날 생일 밥상

우리 영미
참 좋은 때 태어났지
이 말로 축하를 대신 했던 어머니

늘 같은 대사의
어머니 음성이 들리는 듯하다

이런 날 어머니가 보고 싶고
어머니를 생각하고 있는데
현관문이 열리는 소리

딸아이가 케이크를 들고 서 있다

쑥떡

쑥떡 반죽 조물조물
냄비에 앉힌다

동그란 얼굴에
검정콩 눌러 눈 코 입을 만든다

어릴 적 어머니의 쑥떡과
가족 얼굴이 떠오른다

할머니와 아버지와 어머니
두 동생과 나
검정콩 닮은 검둥이 얼굴

달그락 달그락
요란하게 익어가는 쑥떡

냄비를 여니
가족들이 김을 내며
수다를 떨고 있다

아욱국

어머니는 자주 아욱국을 끓이셨다
퇴근한 나를 아욱국으로 반기셨던 어머니

어머니의 병을 안 후
나는 뻐근한 슬픔과 함께
아욱국을 넘기곤 하였다

입원을 앞두고도
아욱국을 끓이셨던 어머니

병원으로 가져다 드린
아욱죽을 드시며 속울음을 삼키셨다

어머니는
아욱 꽃길 따라
먼길 떠나셨다

겨울 전화

눈이 내렸다
조심해서 걸어라

겨울 하루를 여는
어머니의 전화다

겨울날 찬 바람과 함께
먼길 떠난 어머니 핸드폰 번호를
무심히 누르니
결번 멘트가 나온다

어머니!
눈이 많이 내렸어요

나는 속말을 하며
핸드폰을 내려 놓았다

어느 눈 내리는 겨울날
딸에게 전화를 했다

눈이 많이 내렸다
조심해서 걸어라

최후의 만찬

2014년 생일날
손이 더 있으면 좋겠다던
어머니의 양손

아침 식탁은
어머니 마음으로 끓인
미역국과 봄나물이 가득했다

그해 겨울 어머니는
휠체어 타고 병원에서
외출을 나오셨다

집안 구석구석을
눈에 담으시고
반갑다 꼬리치던 강아지와
화단 고무나무와도
인사를 하시는 듯했다

사랑으로 키운
손녀 손을 잡고
오랫동안 누워 계셨다

다문 입은
많은 이야기를 하고 계셨고
흐르는 눈물은
작별을 고하고 있었다

그날은 어머니의
마지막 외출이었고
미역국은
최후의 만찬이 되었다

검정 운동화

흰 손수건 가슴에 달고
검정 운동화 신고
흙 묻을라 물 젖을라
입학식 가던 날

흰 손수건도
검정 운동화도
빨강 리본도
같은 반이 되었다

나의 자존을 지켜주었던
검정 운동화

등굣길 발이 시려울까
아궁이에 불을 쪼이던 검정 운동화

운동화를 덥혀주던 어머니는
지금 안 계신다

아현동

흘러갔다
사랑하는 사람 헤어지기 아쉬워
버스를 수 없이 보내야 했던
신작로 밤하늘

그해 겨울엔
유난히 연인들의 이야기라는 노래가 유행이었다

서른 즈음엔
굽 낮은 구두를 신고
따각따각 소리를 내며
굴레방다리 아래를 지나다녔다

어느 볕 좋은 가을날 오후

25년 넘게 함께했던
옆지기가 떠나간 것도

서래섬에 빠져있던 동그란
태양이 한 개 더 있었던 것도

혼자 강 낚시를 하던 남자가
굽은 등판을 펴
먼 수평선을 바라보던 것도

갈대가 유난히 흔들렸던 때도

길가에 나 뒹구는 마른 수국을
한 줌 쥐고 돌아와 투박한 질그릇에
꽂아 놓았던 그 시간도

어느 볕 좋은 가을날 오후 3시

가을날 오후

어느 볕 좋은 가을날 오후
추석 일주일 지나
가을바람을 가르며 떠났다

힘들었던 시간
마지막 혈압을 0으로 내려놓고
눈을 감았다

남겨진 딸
잘 키우겠노라는 말에
고개만 끄덕였다

십오 년 전
어느 볕 좋은 가을날 오후를
기억하며
연미사를 올린다

동치미

친구 어머니가
동치미를 담가 주셨다

무와 야채와 과일들이 어우러져
동치미 가족이 되어 있었다

동치미 맛을 몰랐던 내게
건강에 좋다고
하셨던 어머니

동치미 국물 가득 담아 맛보며
어머니 모습 떠올려본다

순백의 동치미 국물에
어머니의 맑고 고운 마음이
동동 떠 있다

동치미 국수 해 먹으라는
친구 어머니 말씀
감사한 마음으로 듣는다

머위

머위는
여름 태양 가득 담은
가을을 먹는다

언니 어디예요
머위 데쳐왔어요
된장에 조물조물 무치란다

쌉쌀한 머위 맛과
긴 머위 대의 당당함이
어울린다

머위 향기가
가슴에 따듯함으로 번진다

바른 먹거리로
치유해보라는 마음을 안다

머위를 꺼내는데
바구니 밑바닥에
고구마 두 개가 뒹굴고 있다

마음을 맞대고 사는
아우와 내 얼굴을 닮았다

무심한 벗

친구를 만나 설렁탕집에 갔다
이야기 반찬과 설렁탕이
어우러져 즐겁게 지내는데

친구가 개별포장 2인분을 주문했다

포장 선물까지 하려나 보다
마음속으로 친구에게 답례로
무엇을 선물할까 생각하고 있었다

집에 가려는데
친구는 또 만나자며
손을 흔들었다

나 주려 산 것이 아니었나?
설렁탕 봉지가 들려 있어야 할 손이
비어있었다

김칫국 마신 걸까

시간이 흘러
서운한 마음 사라졌을 즈음
이야기 하리라

나도 누구에겐가
허전함을 주는
무심한 친구는 아니었는지

친구에게 묻고 싶은 날이다

민보람 선생님

혈액검사와 CT 촬영을 위해 병원에 갔다
채혈실에서 세 번 만에 혈관 찾기에 성공해
혈액을 채취했다
반창고를 붙이고 앉아 있었다

조영제 주사를 꽂기 위해 또 간호사 앞에 앉았다
팔에 붙여진 반창고를 보고 놀라는 눈치였으나
모른 척하며 다른 팔을 보자고 한다

순간 빠르게 움직이며 바늘을 삽입했다
무난히 주사를 마무리하고
안도의 표정을 짓던 "민보람 선생님" 감사합니다

CT 검사를 끝내고 바늘 제거를 위해
민보람 선생님을 찾아 팔을 내밀었다

조영제 부작용 없이 무사히 검사는 끝났고
자유의 몸이 되어 검사실 밖을 나올 수 있었다

선생님의 친절에 위로를 받았던
11월 22일 금요일 9시였다

봄꽃 전시장에서

올림픽 아파트 친구 집에
봄이 되면
통창을 메운
봄꽃 전시회가 열린다

봄비가
꽃그림 지울까
서둘러 찾은
올림픽 아파트 328동 갤러리

제목은 자연이 그리는 그림
작가는 대지
크기는 무한대
재료는 혼합재료

하늘 구름 바람 해 벚꽃 개나리
나무들 그리고 새소리

친구는 손님 대접하느라
햇쑥에 봄꽃까지 버무려
쑥 부침을 지져 내왔다

작은 벌레

현관문을 열려는데
문고리에 비닐봉지가
나를 기다리고 있다

비닐봉지 안에서
브로콜리 세 자매가 웃고 있다

식물을 가꾸신다는
아파트 주인님이 걸어놓은 것이다

여름이 올 즈음엔
상추며 방울토마토며 브로콜리에
마음 한 봉지 꽉 채워
초록빛 풍선을 걸어놓고 가신다

봉지 안 식물들도 싱글벙글
며칠 전 상추를 씻는데

저도 있어요!
상추 위를 기어가는
작은 벌레가 쳐다본다

먼 데서 여기까지 왔구나

브로콜리와 상추가 주인이 된
만찬의 저녁 시간이다

마음 반찬도 한몫이다

5부

서래섬

서래섬

반포대교와 동작대교 사이
수면을 아래위로 접어
데칼코마니를 만들어 놓았다

뿌리를 맞대고 있는
수양버들과 갈대밭
나비가 폴폴 날던 유채꽃밭
흰 구름이 내려와 가을 메밀꽃밭 되고
붕어 낚시하는 등이 굽은 사내들
사진을 찍는 연인들

하느님은
이런 혼자인 섬이 외로울까 봐
강물 속에 마주 보는 섬을
하나 더 만들어 놓으신 것이다

가을 양평

잔아 박물관 다녀오는 가을 들녘
단풍나무 잎새들 바람에 일렁인다
채도를 달리 한 붉은색 카드 섹션

규칙성을 지니며 움직이는
단풍잎 율동이 경이롭다

낙조가 시작된 하늘에
주황색 구름이 그림을 그린다

강아지 아가 바다 파도
따라 그려보지만 금새 사라진다

어둠이 그림을 덮자 밤하늘이
별과 함께 깨어나고 있다

마른 수국

가을이 지나는 길에
자주색 단추꽃들이 마중 나왔다

땅을 꽉 채운 클로버는
행운을 뿌리고 있다

고수부지 연인들은
호젓한 풀숲 사이로 낚싯대 드리우고
물고기 아닌
마음을 낚느라 여념이 없다

강둑길 늘어선 억새들
바람 구령에 맞춰 일제히 인사한다

귀천이라도 하려는 듯
뒹굴고 있는 마른 수국을
목에 둘렀던 스카프 풀러
주섬주섬 주워왔다

옥 화병에
마른 수국 한 다발 꽂아 놓았다

내가 가을처럼 익어가고 있었다

고성에서

겨울 바닷가
내리는 눈이
하늘과 바다의 경계를 지웠다

부서지는 바다도
내리는 눈발도
서있는 등대도
땡 섬의 잔설도
미시령 고갯길도
하얀색이다

바람이라는 붓을 들어
산과 바다라는 큰 화판 위에
하얀 그림 그려내는
하늘이라는 푸른 화가

오늘

푸른 화가는

하얀색 걸작품을 남긴다

내소사 풍경

어머니 마음 닮았다는
모항에 살던 물고기 한 마리

내소사 대웅전 천정에 사는
커다란 용에게 물려가
참선을 한다

봄볕에
법당 안마당 산수유꽃들
작은 몸 옴찔옴찔
노란 병아리 부리 내밀며
짹짹거린다

처마 끝에 매달린 작은 종도
가느다란 봄바람에
댕그렁 화답한다

용에 물린 물고기는
처마 끝 작은 종 친구 되어
맑은 소리 내고 싶었나보다

자유롭게
댕그렁 댕그렁

낙엽

떨어진 꽃잎은 치우지만
낙엽 속 예쁜 잎사귀를 골라
책갈피에 끼운다

꽃은 피어 아름답고
잎사귀는 줍는다

꽃은 피어 탄성을 지르게 하고
잎사귀는 떠나며 기쁨을 준다

둘 다 빛나는 성취니
나도 아름다운 열매를 맺고
세상을 떠날 수 있을 건지

파란 하늘 아래
나무들 두고 내려오려니
아깝다

바람 부는 날

바람이 창을 두드리고 있다

바람에 맞서
일어났다가 쓰러지고
다시 일어나는 나무들이 보인다

엄마 손 놓치고
땅에 뒹구는 잔가지를
큰 나뭇가지가 내려다본다

바람에 맞서
아우성치는 나무들
우리 모습 같다

봄 길에서

천지에 꽃수를 놓았다

비가 다녀간 후
수실을 풀어놓는 봄길

바람이 꽃잎을 뿌려 놓았다

순백색 드레스 입었던
목련도 떨어져 뒹군다

떨어진 목련꽃을 누군가
'타다 남은 편지' 라고 했던가

나도 이젠
토막토막 타다 남은 편지를
받아 볼 나이가 되었다

봄이 왔다

봄이 햇살을 데리고
바삐 다닌다

겨우내 얼었던
땅 틈으로 머위 싹이
얼굴을 내민다

앙상했던 단풍나무
작은 손바닥이
웅크리고 있다

겨우내 언 밥그릇을 지켰던
길 고양이는
낡은 지붕 위에 내려앉은
햇살을 따라
자족한 듯 어슬렁거린다

지금 봄이다

산에 오르니
얼어만 있을 듯했던
땅이 빗장을 풀려한다

동요 속 잠자다 깨어난 인형이
기지개를 켜듯

아직 튀어 오르지 못한 스프링처럼
숨은 꽃망울들은 조물주의
시작 버튼을 기다린다

얼음장이 풀리고
보석알 같은 오색 꽃망울도
겨울잠 자던 동물들도
모두 문을 열려한다

봄 햇살
봄 바람
봄 나물

지금 봄이다

치유

해외 여행을 간다고
지인이 맡기고 간 고양이 다리에
피부병을 소독해주는데
가슴이 저려온다

나도 사람들 사이에서 부대끼며 얻은
마음의 상처를 들여다보고 있다

치유의 줄탁
고양이와 나는
치유의 부리질을 하고 있다

홍합의 노래

홍합이 섬 내음 가득 담고
폭설이 쌓인 아침
아우 손에 들려왔다
신선한 홍합이니 바로 데치란다

홍합가족들 쏟아놓으니
비릿한 바다의 염도와
노파의 느릿한 노랫가락이 버무려진
홍합은 입을 연다

"엄마가 섬그늘에 굴 따러가면..
아가는 혼자 남아 집을 보다가"
돌림노래 라도 하는 듯

엄마는
섬을 닮은노파가 되었고
아가는 세월 지나
홍합의 노래를 듣고 있다

카페에서

소나기가 오려는지
검은 고양이 몇 마리 서성거리고
바람이 큰 나무들을 흔든다

순식간에
카페 창을 타고 내리는 빗줄기
유리창 화폭에
움직이는 그림을 그린다

찻집은
유리창 미술관이 되고
손님들은
관람객이 된다

늦게 시작한 글쓰기
소나기처럼 내 인생의 그림들
명작이 될 수 있을까
나만의 감상에 젖는데

어느새 소나기는 그치고
출입문에 달린 맑은 종소리에
실바람이 불어온다

노인

운동장 계단에
백발노인이 앉아 있었다

코로나로 답답하셨는지
핵가족의 힘에 떠밀려 나온 것인지

운동장에서는 축구가 한창이다
노인은 손뼉을 치고
웃기도 하고 생각에 잠기기도 했다

수십 년 전 뛰어다녔던
소년의 시간을 회상하리라

그 노인은
운동장에서 공을 쫓는
소년이 되어 뛰고 있었을 게다

세월이
공을 쫓았던 그 소년을
여기로 데려다 놓은 것이다

푸른 오후

흰 구름 둥실둥실 떠가는
푸른 하늘 잔디 위에서
일광욕을 즐기는 가족

나비가 앉은 신발 신고
걸음마를 배우는 아가

달콤한 커피에
이야기를 섞는 연인들

하늘 향해 두 팔 벌린 나무들처럼
마스크를 손에 걸고 두 팔 벌린
두 사람

아들 밥 넘기는 소리
꼭꼭 씹으라는 엄마의 잔소리가 있는
푸른 오후

모닥불 피워놓고

비가 온다

'인생은 연기 속에 재를 남기고…"
노래소리가 비에 실린다

까만 밤
모닥불이 있었다
운동장에 둘러앉아
수건돌리기 끝내고 나누던 이야기들

연애 결혼 가족 친구이야기
끝없이 이어지다가
가족이 된 친구도 있다

40년 후 지금을
아무도 예측하지 못했다

우리들은
가버린 어제와
다가오는 내일의 주인공이 되어 열연 중이다

목마는 주인을 버리고
가을 속으로 떠났다.

'목마와 숙녀'
새 노래가 흐른다

40년 전
모닥불은 연기 속에 재만 남겼다

나도 언젠가 목마가 되어
주인을 버리고 떠나게 될 것이다

| 해설 |

깨끗하고 맑은 동화적 서정의 꽃다발

공광규
시인

1.

시집『어느 볕 좋은 가을날 오후』는 이영미 시인의 첫 시집이다. 시집 '시인의 말'에서 이영미는 "25년 함께 했던 옆 지기가 떠나던 날/ 고수부지 작은 섬은 수면을 경계로/ 물속에도 똑 같은 세상을 그리고 있었다"고 진술하고 있다. 지기가 없는 세계에 불어오는 "스산한 바람"이 시인 자신의 "가슴과 갈대"가 동시에 흔들리며 슬픔을 토해내는 동시성과 공명성, 외부 세계와 내면의 자아가 일치하는 것을 느낀 시인은 "길가에 뒹구는 마른 수국"을 쥐고 돌아왔다고 한다.

이런 상실에서 오는 슬픔과 아픔이 동시에 만나 충돌을 일으키며 서정적 불꽃을 내뿜는 순간을 경험한 시간을 "어느 볕 좋은 가을날 오후 3시"로 적시할 만큼 시인의 상처와

상심의 깊이는 구체적이고 또렷하다. 우리는 종종 상실과 슬픔을 잊거나 지우기 위해 삶의 공간을 교체한다. 시인은 지기와 "이별을 덮으려"고 잠원동에서 우면산 기슭으로 삶의 공간을 옮겨간다.

그리고 우면산 기슭에서 만난 새로운 사물과 사건들을 기록해간다. 바로 '우면산 노트'다. 시인은 "우면산 노트는 내 생애 가슴 뛰는 열정이며/ 버킷리스트 중 하나"라고 고백한다. 그러므로 당연히 이 한 권의 시집은 우면산 기슭을 오르내리고, 우면산에서 시내와 교외를 드나들면서, 멀리 여행을 하면서, 그리고 우면산 기슭의 집에서 과거를 소환하고 회고하면서 쓴 시들이다.

2.

시인은 우면산의 기록자이다. 노트를 들고 우면산을 오르내리며 눈 오는 날 수꿩을 발견하거나 "이른 새벽 거미줄에 몸을 얹고 사색에 잠긴 거미의 침묵"을 관찰한다. "풀잎에 맺힌 이슬방울에서 느낀 진한 감동"을 옮겨 적는다. "눈을 반짝이며 나무를 오가던 청솔모들의 바쁜 사연"을 노트에 옮기고 "이름 모를 노란꽃 하얀꽃 빨간꽃" 등 갖가지 화초를 노트에 옮긴다. "묵묵히 비밀을 간직한 돌무덤"을 돌아가며 산고양이들과 대화한다. "산비둘기에게 먹이를 양보했던 들고양이의 마음"을 기록한다.

> 흐드러지게 꽃을 피웠던
>
> 팔 벌린 나무들

하늘을 우러르고 서 있다

흰 눈 위에
수꿩이 장작불처럼 붉다

멀리 보이는 남산타워
어릴 적 까마득하게 오르내리던
케이블카가 생각난다

흰 눈이 소복이 쌓인 산길을
먹이를 앞에 둔 고양이처럼
느릿느릿 발걸음을 옮긴다

– 「우면산에서」 전문

겨울 우면산 나무는 하늘을 우러러 팔을 벌리고 서 있다. 겨울 산을 오르는 화자의 모습이 한 편의 점묘화로 겨울판화로 떠오른다. 짧은 시 속에 꽃을 흐드러지게 피웠던 나무와 사람처럼 하늘을 우러르며 팔을 벌리고 있는 나무의 모습, 흰 눈 위를 걸어가는 붉은 장끼가 장작처럼 붉다는 강렬한 색채대비가 문장을 빛나게 한다. 화자는 멀리보이는 남산에서 유년의 추억을 떠올리기도 한다. 그리고 먹이를 눈앞에 둔 고양이처럼 눈길에서 발걸음을 조심조심 느릿느릿 옮긴다는 비유도 매력적이다.

시인은 가을 우면산 "저 붉은 낙엽들"(「낙엽 비」)에서 "붉은 삐라"를 환기한다. 또 한여름 "소나무들이 빼곡하게/ 나뭇가지와 잎새로/ 텐트를" 친 평상에 누워, 마치 "지구를 등에" 진 듯한 모습으로 "잎새들 사이로 흐르는 샛강을 바라"(「솔밭에 누워」)보기도 한다. 시 「불안하다」에서 화자는 우면산 '식구'들을 둘러보며 출석을 부른다. 큰 나무아래 평상에 늘 앉아있던 "아주머니는 질병결석"이고 "산고양이 까미는 한달 째 무단결석"이다.

산고양이 누리는 꼬리를 흔들며 출석하고, "나뭇가지 사이로 얼굴을 내미는 청설모는 지각"이다. 산비둘기도 결석이고 "자갈길을 함께 밟던 후배는/ 미국으로 전학"을 간다고 한다. 화자는 자신만 남겨질까봐 불안하다고 한다. 우면산에 오르내리는 사람과 산고양이와 청설모와 산비둘기가 모두 동일한 위계의 존재라는 친생태적 평등심을 발휘하고 있다.

우면산 돌밭길을 오르는데
보랏빛 별개미취꽃이 반기고
나비도 폴폴 날아다닌다

병꽃나무 옆 동심원 거미줄에
조롱조롱 맑은 이슬이 달려있다

거미줄 가운데
거미 한 마리
미동도 없이 갇혀 있다

요즈음 나도 정해진 틀 중심에
미동도 없이 갇혀 있는 거미 같다

거미와 나는
어제도 오늘도 여전하다

－「거미」 전문

화자가 우면산을 오르면서 만난 거미와 자아를 동일시하고 있다. 시적 대상에 시인의 자아를 적확하게 투영시킨, 그러니까 세계와 나를 동일시한 잘 된 시다. 화자는 자신을 거미줄 한 가운데 "미동도 없이 갇혀" 사는 거미와 같다고 한다. 벌개미취가 피고 나비가 날아다니는 화사한 가을, 맑은 이슬이 매달려 있는 아름다운 배경과 정지해 있는 듯 미동도 없는 거미의 상황을 대비한다.

시「나도 삼나무」에서 화자는 삼나무 아래 평상에 누워 나무를 바쁘게 오르내리는 청설모를 보고 "나도 저렇게 살았구나" 생각한다. 그러면서 동병상련의 청설모에게 가지를 내주는 너그러운 삼나무가 되려고 하지만, 청설모는 화자가 삼나무가 아닌 것을 알고는 접근하지 않는다. 시인 자신이 삼나무와 같이 묵묵히 서서 너그럽게 가지를 내어주는 존재가 못 된다는 것을 청설모를 통해 드러내준다.

3.

시의 내용과 시인이 일치하는 것은 아니지만, 시를 읽으면 그 시인이 보인다. 그래서 예부터 문장은 곧 그 사람이라고 했다. 이영미의 시를 읽어 가다보면 시인의 착하고 깨끗한 심성이 오롯이 떠오른다. 특히 천진한 동심의 시를 읽을 때 시인의 모습이 가장 선명하게 떠오른다. 이영미의 천진성에서 발로된 시들은 제재 선택에서 표현까지 거의 동시에 가깝다. 동시와 어른시를 가르는 것은 한국 문단의 관습인 것으로 알고 있다. 동시와 어른시를 갈라치기 할 필요는 없다.

우면산 청설모
이 나무 저 나무
바삐 옮겨 다니며
눈을 깜빡인다

나를 빤히 쳐다보고
대화하자고 한다

청설모야
집 샀니?
그렇다고 고개를 끄떡인다

얼마니?
도토리 세 알

– 「도토리 세 알」 전문

시인은 산길에서 만나는 청설모, 그러니까 이 나무에서

저 나무로 바삐 옮겨 다니며 까만 눈으로 사람을 쳐다보는 동물의 습성을 적실하게 표현하고 있다. 시인은 청설모가 사람을 쳐다보는 것이 사람에게 '대화'를 요청하는 것으로 받아들인다. 화자는 청설모에게 집을 샀느냐고 묻고, 다람쥐는 도토리 세 알을 주고 샀다고 고개를 끄덕인다.

위 시에서 화자가 다람쥐와 대화를 한다면, 시 「나도 삼나무」에서는 눈알이 반짝반짝한 청설모에게 화자가 "청설모야!/ 나도 삼나무야"하고 일방적으로 말을 건다. 시 「돌탑」에서는 "돌탑 뒤 산고양이들은/ 숨바꼭질 하고/ 나는 술래가 된다"고 한다. 「가을 신부」에서 화자는 단풍나무 길을 걷는 가을신부가 되고 "청설모와 붉은 꿩과 참새와 산비둘기들"은 축하객이 된다. 우면산 평상 아래 사는 산고양이 집으로 청설모가 눈칫밥을 먹으러 오고, 산비둘기와 참새도 산고양이 밥을 먹고 간다. 고양이 두 마리가 이런 산에 사는 친구들은 바라보며 "잘 먹고 가라는 눈치"를 보낸다. 시 「333」은 관찰력과 재미를 더한다.

333 3 333 33
개미의 행렬이다
행여 행렬이 깨질까
까치발로 걸음을 옮긴다

숫자 3에 개미를 떠올렸던
어린 시절이 있었다
지금도 개미들의 행렬은

숫자 3의 행렬로 보인다

엄마는 숫자에 그림을 연상시켜
가르쳐 주셨다

동심에는 유통기한이 없다

—「333」 전문

땅에 기어 다니는 개미를 상형한 문자가 3이다. 발상이 독특하고 재미있다. 시인의 천진한 동심이 여실히 드러나는 작품이다. 화자는 3의 모양을 하고 떼 지어 가는 개미의 행렬을 방해하지 않도록 극히 조심하여 까치발로 걸음을 옮긴다. 개미가 숫자 3으로 떠오르는 것은 어릴 적 엄마한테 배운 학습의 관성이다. 개미와 3의 유사성은 어려서 배운 동심의 발로이다. 개미를 3으로 보는 순간 시인은 "동심에는 유통기한이 없나보다"는 문장을 발명한다. 아래 시도 동심의 눈, 동화적 시선이다.

겨울잠 자던 달팽이가
동그란 귀마개하고
더듬이 내밀며
한걸음 한걸음 기어나온다

몸이 집인지
집이 몸인지

모호한 경계 속에서

들락거린다

— 「1가구 1주택」 부분

달팽이의 외형적 특징을 잘 묘사하고 있다. 달팽이는 귀마개와 유사하다. 또 달팽이는 몸이 집인지 집이 몸인지 구분이 안 된다. 거기서 서 나아가 시인은 달팽이에게서 "1가구 1주택"을 발견한다. 시인은 5월 들판에서 애기똥풀을 만나 "반갑다 애기똥풀아/ 이사 가지 않았구나"(「애기똥풀」) 하고 인사한다. 그리고 "애기똥이 보고 싶어/ 꽃 한 송이 꺾어/ 노란 똥을 보고서야 일어난다"고 한다. 화자는 시 「작은 벌레」에서 상추를 씻다가 "저도 있어요!/ 상추 위를 기어가는/ 작은 벌레가 쳐다 본다"고 한다. 벌레가 사람에게 말을 걸어오는 것이다.

4.

시집 '시인의 말'에 의하면, 시인은 옆 지기가 저승으로 떠나던 날 고수부지에 갔었고, 고수부지에 있는 작은 섬이 수면을 경계로 물속에서도 똑같은 세상을 그리고 있는 것을 발견한다. 이날 시인은 "귀천이라도 하려는 듯/ 뒹굴고 있는 마른 수국을/ 목에 둘렀던 스카프를 풀러/ 주섬주섬 주워"(「마른수국」)다가 옥화병에 꽂아놓는다. 일종의 제의다. 그리고 한참 후에 서래섬에 갔다가 수면 위아래가 되비치는 과거와 유사한 경험을 하고 시 「서래섬」을 쓰게 된다. 이 시는 현재 서울지하철 어느 역, 아마 서래섬과 가까운 역

승강장에 걸려 시민들의 사랑을 받고 있을 것이다.

반포대교와 동작대교 사이
수면을 아래위로 접어
데칼코마니를 만들어 놓았다

뿌리를 맞대고 있는
수양버들과 갈대밭
나비가 폴폴 날던 유채꽃밭

흰 구름이 내려와 가을 메밀꽃밭 되고
붕어 낚시하는 등이 굽은 사내들
사진을 찍는 연인들

하느님은
이런 혼자인 섬이 외로울까봐
강물 속에 마주보는 섬을
하나 더 만들어놓으신 것이다

– 「서래섬」 전문

시인은 현실을 수면 위 세계와 수면 아래 세계가 뿌리를 맞대고 있는 동근의 데칼코마니 세계로 인식한다. 수면을 경계로 한 위와 아래의 세계는 실재와 가상, 삶과 죽음, 이승과 저승의 세계로 확장될 수 있다. 시인의 양가론적 사유가 문장으로 발현된 이 시는 실재하는 혼자인 섬이 외로울까봐 가상의 섬을 물속에 하나 더 만들어 놓은 것으로 진술하고 있다.

시집 속에 아버지와 어머니와 할머니 등 가족이 여러 번 등장한다. 다정다감하게 모여 살던 가족들이 시간이 지나면서 흩어지는 것을 시에서 발견할 수 있다. 이를테면 시 「두레밥상」에서는 "할머니와 어머니 아버지와 동생들이/ 봄나물과 어우러져 있"는 과거의 모습을 언급하고, 시 「꽃병」에서는 "두레밥상에 둘러 앉아/ 마주 보았던 얼굴들이/ 먼 길 떠나고/ 남아있는 내 모습"을 그리고 있다. 어머니를 소재로 시를 많이 쓴 시인은 "씨가 털리고 앙상한/ 갈색 씨방 만져보니/ 세상 떠날 즈음 바스락한 어머니 몸 같다"(「붓꽃대」)고 한다.

가족제재 시 가운데 아무래도 아버지에 대한 기억과 추억을 돌아보는 시들이 가장 인상 깊게 다가온다. 어린 화자를 "무릎에 앉혀 놓고/ 동화를 들려주시"(「아버지」)던 아버지는 화자에게 "삶의 지팡이"였으며, "가장 힘든 것이 고독과의 싸움이고/ 산다는 것은/ 고독의 강에 허우적대는 것이라"는 말을 화자에게 남긴다. 그리고 아버지는 "어느 볕 좋은 여름날" "고독의 정거장에서 내"린다. 화자는 "낡은 풍금으로/ '스와니강'을 치시던/ 아버지의 모습이 떠오른다"고 한다. 아래 시 「아버지의 강」은 시 「아버지」를 다른 버전으로 강화하고 있다.

> 고독의 강에서
>
> 허우적대는 것이

삶이라 하셨던 아버지

아버지는 자주

낡은 손풍금으로

포스터가 그리워했던

스와니강 노래를 들려주셨다

세상을 떠나실 즈음에도

고독의 해답은 찾지 못했다고 하셨다

아버지를

용왕님이 점지해주셨다 믿었던 할머니는

아버지 생일날인

사월 열 아흐렛날 새벽녘이면

정성껏 지은 흰쌀밥 들고

물고기 방생을 하신다고

마포강으로 나가셨다

용왕님 점지가 맞다면

아마 아버지는 마포강이나

당신이 그리워했던

스와니 강으로 가셨을지도 모른다

— 「아버지의 강」 전문

1, 2, 3연은 시 「아버지」의 내용과 같으나 4. 5연이 보강되었

다. 아버지는 손풍금으로 외국의 노래를 칠 정도로 음악적 교양과 미적 감각이 높았다. 할머니는 마포강의 용왕님에게 빌어서 아들을 얻었나보다. 아버지를 용왕님이 점지해 주셨다고 믿고 있다. 그리고 생일날이 되면 마포강으로 나가 물고기 방생을 한다. 아버지를 위한 할머니의 정성스런 제의 행위다. 화자는 아버지를 용왕님이 점지한 것이 맞는다면 "아마 아버지는 마포강이나/ 당신이 그리워했던/ 스와니강으로 가셨을지도 모른다"고 한다.

시인은 한 번 더 「고개 들어 하늘을 보니」에서 맑은 겨울날 하늘을 올려보다 벚나무가지 사이로 흐르는 샛강과 푸른 바다를 보다가 "어디선가 스와니강 곡조를 담은/ 아버지의 낡은 풍금소리"를 듣는다. 세 편의 시에서 반복되는 아버지에 대한 그리움과 그리움의 매개인 풍금으로 들려오는 '스와니강'의 노래가 시인의 의식을 지배하고 있다. 여운이 남는 수작이다.

5.

이 시집은 시인이 표제로 삼은 '어느 볕 좋은 가을 날 오후'에 벌어진 인생담이고 평생담이다. 시를 버무린 언어와 시상이 맑고 깨끗하다. 시집에는 시인이 흑백 사진 속에서 "미루꾸 한 봉지 손에 쥐고" 카메라를 응시하며 경복궁 경희루 계단에 앉아있던 어린 소녀에서 "어느 볕 좋은 가을날 오후" 세월을 머리에 이고 예술의 전당 음악분수 앞 시계탑 종소리를 세고 있는 "할머니 소녀" 까지 생애가 담겨 있다.

이영미의 생애에는 "밥뚜껑에 손을 얹고/ 부엌의 온기를 느끼며/ 옻칠 밥상머리에/ 모여 앉았던"(「겨울」) 가족에서부터 우면산 소나무와 삼나무 등 수목과 고양이와 다람쥐와 청설모 등 산짐승과 나비와 거미와 개미 등 곤충들, 애기똥풀과 원추리와 복숭아꽃, 비와 구름과 햇살과 사계절, 그리고 수많은 여행길과 인사가 담겨있다. 그래서 이 시집은 개인 이영미를 넘어 지구상 한 인간에 대한 충실한 자전적 기록이라고 할 수 있다.

생활일상에 대한 시적 기록을 통해 명실상부한 우면산의 주인이 된 시인은 신록을 볼 수 있는 눈과 풀 냄새를 맡는 코, 새와 바람과 나뭇잎들의 수다를 듣는 귀, 시를 노래하는 입을 얻은 사람이다. 오솔길 개미를 밟지 않으려는 다리의 순발력을 가진 시인이다. 이 시집은 우면산에서 나무와 화초와 짐승과 곤충들의 이름을 부르며 같이 노는 '할머니 소녀' 이영미 시인의 맑고 깨끗한 동화적 서정의 꽃다발이다.

문학과의식 시선집 150

어느 볕 좋은 가을날 오후

발행일 2022년 4월 15일

지은이 이영미
그린이 이원표
펴낸이 안혜숙
디자인 임정호

펴낸곳 문학의식사
등록 1992년 8월 8일
등록번호 785-03-01116
주소 우 23014 인천시 강화군 하점면 강화대로 939
우 04555 서울 중구 수표로6길 25 501호(서울 사무소)
전화 032.933.3696
이메일 hwaseo582@hanmail.net

값 12,000 원
ISBN 979-11-90121-33-0